QU'EST-CE QUE

LA PAIRIE?

Paris.

DELAUNAY,
DENTU, | LIBRAIRES, PALAIS-ROYAL.

1831.

QU'EST-CE QUE LA PAIRIE ?

Quand on demande ce que c'est que la pairie en général, on n'entend pas demander ce qu'elle est ou a été dans tel ou tel pays, à telle ou telle époque. Ce qu'on veut savoir, c'est ce qui constitue, d'après les principes généraux du droit constitutionnel, dans une monarchie représentative, la spécialité d'attributions de cette troisième branche du pouvoir législatif.

Si l'on était d'accord sur la spécialité des attributions législatives des deux autres branches du même pouvoir, il serait peut-être facile de constater en quoi leurs attributions diffèrent de celles de la chambre des pairs. Mais les publicistes ayant préféré de décrire ces pouvoirs d'après ce qu'ils sont dans tel ou tel pays, plutôt que de définir ce qu'ils doivent être partout, il nous faut remonter à l'origine de tous les pouvoirs politiques en général pour déterminer le principe de la division du pouvoir législatif en différentes branches.

On sait qu'en termes de droit, représenter quelqu'un, ce n'est qu'être autorisé par lui à exercer de certaines fonctions dans ses intérêts. Toute personne qui est autorisée par d'autres personnes à exercer des fonctions dans leur intérêt, en est le *représen-tant;* et puisqu'il doit y avoir consentement exprès ou tacite de la personne représentée, *toute repré-sentation suppose un mandat;* tout représentant est *mandataire.*

C'est donc dans la *jurisprudence du mandat* que nous avons à rechercher ce qui peut constituer la spécialité de chacun des trois pouvoirs, le roi et les deux chambres, qui, dans une monarchie consti-tutionnelle, sont autorisés à exercer concurremment les fonctions de législateurs dans les intérêts de la nation, dont par conséquent ils sont, à cet égard, et les représentants et les mandataires.

Lorsque l'affaire pour la gestion de laquelle il faut nommer un fondé de pouvoirs concerne plusieurs in-dividus dont les intérêts peuvent se trouver en col-lision, il est évident qu'il faut que chacun des inté-ressés nomme son fondé de pouvoirs. Mais, lors même que l'affaire n'intéresse qu'une seule per-sonne, il y a lieu à nommer plusieurs fondés de pouvoirs, toutes les fois que la décision de l'affaire exige une diversité de connaissances qu'on ne saurait trouver réunies dans une seule personne.

Faisant application de ces principes à la division du pouvoir législatif dans un système constitutionnel, il faut examiner quels sont les intérêts que les légis-lateurs ont à y représenter : si ces intérêts concernent plusieurs individus, en sorte qu'ils puissent se trou-ver quelquefois en collision; ou bien si, ne concernant qu'un seul individu, ils exigent une réunion de connaissances diverses, et par conséquent un certain nombre de fondés de pouvoir.

Pour résoudre ces questions, il suffit de remarquer que l'individu représenté par le législateur est la nation : individu moral composé d'autres individus du même genre, dont en effet les intérêts peuvent se trouver en conflit.

Si on peut déterminer la nature et le nombre de ces intérêts divers, on aura trouvé la solution de toutes les trois questions à la fois.

Toute nation est nécessairement composée d'un certain nombre de classes, dont les individus ont une communauté d'intérêts, qu'ils ne partagent avec ceux d'aucune autre classe. C'est ainsi que les intérêts du commerce se trouvent quelquefois en collision avec ceux de l'agriculture, et ceux-ci avec les intérêts de quelques branches d'industrie.

D'un autre côté, lorsque le pays est d'une étendue considérable, les intérêts d'une province ne sont pas toujours d'accord avec ceux d'une autre province.

Enfin, aucune nation n'étant isolée sur la terre, il arrive que, dans bien des cas, ce qui pourrait lui convenir porte tellement dommage à une autre nation, que celle-ci est en droit de s'opposer aux vues de la première, d'abord par des remontrances, et enfin par la force, si elle ne peut parvenir à leur faire autrement reconnaître son bon droit.

Voilà donc trois ordres d'intérêts absolument distincts les uns des autres, tant parce qu'appartenant à des individus divers, ils doivent se trouver souvent en collision, que parce qu'ils exigent, pour être convenablement soutenus, des connaissances tellement diverses, qu'on ne saurait se flatter de les trouver réunies dans une seule personne, ni par conséquent dans tous les membres d'une seule assemblée.

Je dis dans tous les membres d'une seule assemblée; car du moment où il y en aura qui soient étrangers à une de ces trois sortes d'intérêts, ils seront hors d'état de prendre part à la discussion.

Il faut donc que chacune de ces trois sortes d'intérêts soit confiée à un individu différent; savoir : que d'un côté, les citoyens appartenant à chaque classe se choisissent dans cette classe des représentants capables d'en défendre les intérêts avec connaissance de cause; tandis que d'un autre côté, chaque division territoriale d'une certaine étendue, doit élire un homme d'état qui, embrassant l'ensemble de ses ressources et de ses besoins, puisse la représenter au parlement national.

Je ne parlerai pas ici du troisième ordre d'intérêts, savoir : ceux qui résultent des rapports, soit politiques, soit commerciaux, avec les nations étrangères. Partout on a sagement confié la représentation de cette sorte d'intérêts au gouvernement, qui seul est en état de pouvoir les suivre et de les apprécier.

Revenons à la représentation des deux premières sortes d'intérêts nationaux.

Nous disions que la première de ces deux branches de la représentation, doit être composée de mandataires chargés de soutenir les intérêts des différentes classes ou professions, entre lesquelles tous les citoyens d'une nation, quelle qu'elle soit, se trouvent répartis.

L'autre branche, avons-nous ajouté, se composera des mandataires des provinces ou autres grandes divisions dont les intérêts divers demandent à être soutenus par des personnes nommées à cet effet, et qui puissent s'acquitter de ce mandat avec connaissance de cause.

Jetons à présent les yeux sur les constitutions des différents pays qui sont régis d'après le système représentatif, tant monarchiques que républicains. Voyons si la composition de leurs corps législatifs n'est pas d'accord avec ce que la théorie du mandat vient de nous indiquer à cet égard.

Le plus ancien de ces gouvernements, celui de la Grande-Bretagne, est naturellement le premier qui s'offre à notre examen.

Dans son origine, l'assemblée des lords embrassait à elle seule toute la représentation nationale. Mais lorsque, dans la suite des temps, les progrès de la civilisation permirent aux citoyens des différentes corporations ou classes d'acquérir une certaine considération dans l'état, ils obtinrent de nommer des représentants de leurs intérêts au parlement : et ce sont ces représentants qui, réunis dans une chambre séparée de celle des lords, pour concourir avec eux à la formation des lois de l'état, firent donner à cette

nouvelle branche du pouvoir législatif, en Angleterre, le nom de chambre des communes.

La chambre des communes représente donc les
intérêts des diverses classes, professions et emplois,
dans le sein desquels les députés qui la composent
sont choisis par des personnes qui elles-mêmes appartiennent à ces différentes classes.

Nous retrouvons donc dans cette chambre la première des deux branches du pouvoir législatif qui
nous avait été indiquée par la théorie du mandat.

Voyons si la chambre des lords ne répond pas à la
seconde de ces deux branches.

Chacun des lords, en sa qualité de membre du
parlement national, a dû se considérer toujours
comme représentant de toute la nation britannique,
puisque c'était dans les intérêts de toute la nation
qu'il était appelé à exercer les attributions dont il
était investi.

Mais outre ce mandat général qui lui était commun avec tous les autres membres du parlement,
chaque lord était le représentant et le défenseur né
des intérêts du comté où ses domaines étaient situés,
et dont il devait connaître mieux que tout autre les
besoins et les ressources.

L'adjonction de la chambre des communes n'ap-
porta aucune altération à ce mandat spécial de chacun des membres de la chambre haute. Les communes, en obtenant une représentation spéciale au
parlement, ne firent que perfectionner le mode de la

représentation, en suppléant, par des hommes de leur choix, à ce que les lords, faute de connaissances spéciales, ne pouvaient faire que très-imparfaitement en faveur des intérêts du commerce et de l'industrie, surtout après les développements immenses que ceux-ci avaient reçus.

Mais les lords n'en restèrent pas moins chargés de soutenir en commun les intérêts nationaux, ce qui forme leur mandat général, commun à tous, tandis que chacun d'eux en particulier représente l'ensemble des intérêts de son comté, ce qui constitue son mandat spécial.

La monarchie anglaise étant en grande partie basée sur le système de privilége au profit des lords temporels et spirituels, il était naturel qu'à côté du mandat spécial dont nous venons de parler, la chambre haute considérât comme une de ses premières attributions celle de défendre les priviléges des classes aristocratiques. Mais ce n'est qu'une attribution accidentelle ; car ces priviléges peuvent et doivent même s'effacer avec les progrès des lumières ; et cependant lors même que toute l'Angleterre serait régie par la loi commune, la chambre des lords garderait toujours l'attribution essentielle et invariable qu'elle a toujours gardée dans toutes les vicissitudes de l'empire, celle de représenter les intérêts des comtés qui constituent les grandes divisions territoriales.

Quelques publicistes, croyant que la chambre des lords n'avait d'autre mission que celle de défendre les priviléges de l'aristocratie, ont dit que la chambre haute avait pour mandat spécial de représenter la *grande propriété*, c'est-à-dire, cette grande masse de richesses territoriales que le privilége avait immobilisée entre les mains de la noblesse britannique.

D'autres publicistes ont exprimé la même pensée, en disant que la chambre haute avait pour but de représenter la *noblesse*.

D'autres enfin, considérant le maintien des priviléges de l'aristocratie comme une condition de l'ordre public, ont dit que la chambre haute était appelée à maintenir l'équilibre contre la chambre des communes, toujours disposée à combattre le privilége en faveur de la démocratie, et contre la couronne non moins empressée d'augmenter ses prérogatives aux dépens de l'aristocratie.

Nul doute que ce ne soit là une des attributions de la chambre des lords; mais l'erreur des publicistes que nous combattons consiste à regarder cette attribution comme la seule qui caractérise cette chambre, tandis qu'elle n'est qu'accessoire; car la pairie pourrait perdre ses priviléges en Angleterre, ainsi que cela est arrivé en France, sans que pour cela on pût se passer d'une seconde chambre. La chambre des communes, devenue chambre unique, ne continuerait pas moins à être composée comme elle l'est actuellement, c'est-à-dire que la grande majorité de ses membres serait prise dans les rangs des hommes appartenants aux différentes classes de professions et d'emplois dont la société se compose; et il n'y aurait qu'un petit nombre pourvus des notions

suffisantes pour pouvoir soutenir au besoin les intérêts de leurs comtés, lorsqu'il arriverait qu'ils fussent
en conflit avec ceux de quelque autre comté.

Ainsi, les intérêts des différentes classes continue-
raient à être représentés comme auparavant ; mais
ceux des grandes divisions territoriales n'auraient
qu'une représentation partielle et accidentelle, car ce
ne serait que par hasard qu'il y aurait quelques membres en état de représenter l'ensemble des intérêts de
telle ou telle province, et toutes les autres n'y seraient
point représentées.

Dès ce moment les décisions du parlement, prises
à la suite des discussions qui n'auraient eu lieu qu'entre les députés des professions intéressées, porteraient
le cachet de l'esprit de corps de ces mêmes professions. Trop subordonnées aux intérêts de ces classes,
les lois ne sauraient avoir ce caractère de nationalité
dont elles doivent toujours être revêtues ; elles ne
seraient plus que des décisions de parti.

Les publicistes ont pressenti tous ces inconvénients,
mais ils ne les ont appréciés que d'une manière con-
fuse, et par conséquent ils se sont bornés à remarquer que la chambre haute était destinée à établir
l'équilibre entre celle des communes et la couronne.

Cette manière de caractériser la chambre haute
était absolument fausse ; car la chambre des communes rend aussi à son tour le même service en s'op-
posant aux décisions de la chambre haute, toutes les
fois qu'elle les croit opposées aux intérêts nationaux.
Mais cela n'est pas maintenir l'équilibre entre la

couronne et l'autre chambre ; car chaque chambre ; aussi bien que la couronne, jouit en Angleterre, comme en France, d'un *veto* absolu. La couronne n'a donc besoin d'aucune des deux chambres pour arrêter les empiétements de l'autre. En apposant son *veto* à ses décisions, elle les met au néant. Il en est de même de chaque chambre vis-à-vis la couronne. Dès qu'il y a divergence d'opinion entre celle-ci et une des deux chambres, l'affaire est périmée, et l'autre n'a rien à faire pour les mettre d'accord. On ne saurait donc dire que la chambre haute sert à maintenir l'équilibre entre l'autre chambre et la couronne. Certes, de même que la couronne se permet souvent d'empiéter sur le domaine du pouvoir législatif, il n'est pas rare que les chambres exercent des attributions purement exécutives, judiciaires ou électorales. Si, en pareils cas, il n'y avait qu'une seule chambre, une lutte d'ochlocratie s'établirait entre les deux autorités supérieures de l'état : et cette lutte se répétant souvent, elle ne pourrait qu'amener bientôt le despotisme ou l'anarchie. Il est donc rationnel de dire qu'il faut qu'il y ait deux chambres pour maintenir l'équilibre des pouvoirs.

Mais puisque ce n'est pas seulement contre le pouvoir exécutif, mais aussi contre les pouvoirs judiciaire et électoral que l'excès de juridiction de la part des chambres peut avoir lieu, il est inexact de dire qu'il ne s'agit que d'établir l'équilibre entre la chambre usurpatrice du pouvoir et la couronne. Ensuite, comme la chambre des communes, en op-

posant son *veto* à celle des pairs, empêche aussi l'a-
bus du pouvoir que celle-ci serait tentée d'exercer, il
s'ensuit que c'est là une attribution commune à toutes
les deux chambres; et lorsqu'il s'agit de signaler ce
qui distingue l'une de l'autre, on ne saurait indiquer
comme un caractère distinctif une attribution qui
leur est commune; mais il faut la caractériser par les
attributions qui lui sont particulières.

Le maintien de l'équilibre des pouvoirs est sans
doute un des heureux résultats de la division du
pouvoir législatif en trois branches, mais ce n'est
pas le motif de cette division; car si cela était, la
chambre haute n'aurait qu'à examiner si une décision prise par la chambre des communes, empiète
ou non sur les attributions des trois autres pouvoirs:
et du moment où il n'y aurait point d'empiètement,
le but de son institution étant satisfait, elle ne serait
pas compétente pour connaître au fond. Il faut en
dire autant de la chambre des communes relativement aux décisions de celle des pairs, et de la couronne relativement à toutes les deux.

Cependant partout, et de l'aveu de tous les publicistes, il appartient à chacune des trois branches de
connaître au fond des décisions prises par les deux
autres, et d'y opposer un *veto* absolu, lors même
qu'il n'y a pas d'abus de pouvoir, et qu'on regarde
la décision qu'on examine, en opposition aux intérêts
que chacune de ces branches se croit appelée à représenter. C'est donc dans la diversité de cette représentation et non dans l'opposition qui doit en résulter

entre les différents fondés de pouvoirs, qu'il faut chercher la spécialité du mandat de chacun.

Aux États-Unis de l'Amérique septentrionale, on a cru, lors de leur séparation de la métropole, que puisqu'il n'y avait pas d'aristocratie, on n'avait pas besoin d'une seconde chambre, dont on ne connaissait d'autre attribution que la défense des priviléges.

Mais bientôt les inconvénients inhérents à l'existence d'une chambre unique s'y firent sentir, et on s'empressa de créer, sous le nom de sénat, une seconde chambre composée d'hommes choisis parmi les citoyens que leur situation sociale rend aptes à connaître l'ensemble des besoins et des ressources des différents co-États de l'Union auxquels ils appartiennent, et dont par conséquent ils sont propres à défendre les intérêts.

Si, après l'établissement d'un sénat, les projets de loi émanés de la chambre des députés étaient entachés de cet esprit de corps dont nous avons parlé ci-dessus, les débats qui s'établiront dans l'autre chambre corrigeront ce défaut, en mettant le projet d'accord avec les intérêts généraux, si cela est possible; ou bien ils en feront voir l'inconvénient, et moyennant le *veto* dont chacune des deux branches du congrès est investie vis-à-vis de l'autre, le projet qu'on ne saurait corriger sera regardé comme non avenu.

Nous avons dit ci-dessus que les Américains, revenus de leur erreur, avaient créé une seconde chambre, en en assujettissant les membres à des conditions d'éligibilité analogues à celles que nous avons indiquées comme devant être requises dans les candidats à une chambre chargée de représenter les intérêts des grandes divisions territoriales. Mais il s'en faut de beaucoup que le système des élections aux États-Unis satisfasse aux conditions que nous croyons nécessaires pour que le choix, soit des sénateurs, soit des députés, réponde au but de leur constitution.

Aux États-Unis, comme partout ailleurs, les conditions légales, tant pour les sénateurs que pour les députés, se réduisent à être d'un certain âge et à jouir d'une certaine fortune, et ce n'est que le bon sens des électeurs qui y ajoute, comme troisième condition, d'avoir un sens droit, et l'esprit cultivé par une éducation libérale. Mais, là aussi, la loi a oublié de poser, comme condition essentielle, que le candidat possédât des connaissances spéciales sur les intérêts qu'il est appelé à représenter. Partout on n'a eu égard qu'au mandat général, d'après lequel tout membre du congrès est représentant de la nation, et on n'a pas réfléchi, qu'en outre de ce mandat général, il doit y avoir un mandat spécial, moyennant lequel chaque membre a à représenter une des deux sortes d'intérêts que nous avons signalées ci-dessus.

Si les auteurs de la constitution américaine, et nous en disons autant de celles qui ont été rédigées dans des temps plus modernes, avaient fait attention à ce point capital de la représentation nationale, ils auraient commencé par classer les habitants d'après ces deux différentes sortes d'intérêts, et auraient réglé leur système d'élection de telle sorte, que les représentants de chaque classe, aussi bien que ceux de chaque province, fussent choisis exclusivement par des électeurs appartenant à cette classe ou à cette province, et parmi les hommes qui posséderaient, les uns le plus de connaissances spéciales de la classe, et les autres les connaissances statistiques les plus étendues de la province, qu'ils seraient appelés à représenter. Mais, ne s'étant pas rendu compte des véritables attributions d'une assemblée législative, les auteurs de ces constitutions diverses n'ont rien précisé à cet égard, et de là il est résulté qu'à proprement parler, aucune des deux sortes d'intérêts que nous avons signalées, n'est dûment représentée dans aucun des congrès ou parlements nationaux actuellement existants. Ce n'est pas à dire qu'il n'y ait, dans la chambre des députés, quelques individus pris dans chacune ou dans la plupart des différentes classes dont la société se compose ; mais ce n'est qu'accidentellement que telle classe a un grand nombre de représentants dans la chambre, tandis que plusieurs autres n'en ont aucun. D'un autre côté, comme ces représentants n'ont pas été élus dans l'intention spéciale de représenter des classes, et le plus souvent ont été élus par des hommes appartenant à d'autres classes, il s'en faut de beaucoup qu'ils soient les plus propres à représenter les intérêts des classes mêmes auxquelles ils appartiennent.

En supposant donc que l'organisation du corps

législatif fut ramenée aux principes qui doivent lui servir de règle, les pairs ou sénateurs, outre le mandat général de représenter l'ensemble des intérêts nationaux, auront pour mandat spécial de représenter l'une des grandes divisions territoriales, dont les intérêts peuvent se trouver en collision avec ceux de quelque autre division.

Les pairs ne sont donc que des mandataires de ces divisions territoriales, de même que les députés le sont des classes, professions ou ordre d'emplois dont ils sont aptes à défendre les intérêts, par la spécialité de leurs connaissances et la confiance de ceux qui, appartenant à la même classe, les ont élus.

Par qui les pairs doivent-ils donc être élus? La réponse n'est pas difficile : par la nation dont ils doivent être les mandataires, c'est-à-dire, par tous les citoyens aptes à élire.

S'il s'agissait de savoir qui élira les députés destinés à représenter les intérêts d'une certaine classe, du commerce, par exemple ; nous dirions que les électeurs de ces députés devraient être tous les commerçants en état de connaître ceux qui, parmi leurs confrères, sont plus propres à soutenir les intérêts du commerce. D'où il résulte que la classe des commerçants doit être considérée comme divisée en trois différents ordres ; savoir, des citoyens aptes à représenter les intérêts de leur classe au congrès national ; de ceux qui, peut-être inhabiles pour ces hautes fonctions, sont cependant en état de choisir ceux qui seront les plus propres à les remplir ; et enfin de ceux

qui, n'étant pas à même de connaître les personnes
aptes à devenir députés, sont cependant en état de
choisir ceux qui, en qualité d'électeurs, doivent en
définitive les choisir.

Ce que nous disons du commerce, comme exemple, au sujet des députés des différentes classes, a
également lieu relativement aux membres de la chambre des pairs ou sénateurs. Tous les citoyens d'une
province ne possèdent pas des connaissances statistiques suffisantes sur l'ensemble des intérêts de la
province, pour pouvoir se charger de les représenter
au congrès national ; tous ne sont pas même dans une
situation sociale assez rapprochée des hommes aptes
à devenir représentants pour pouvoir choisir les plus
capables. Il y a donc ici, comme nous le disions au
sujet des députés, trois ordres de citoyens dans chaque province, savoir : ceux qui sont aptes à en devenir les représentants, ceux qui ne peuvent que
choisir parmi ces candidats, et enfin ceux qui, ne
pouvant pas faire eux-mêmes ce choix, ne sont pas
moins en état de nommer les électeurs en définitive.

Ainsi, tous les citoyens actifs de chaque province,
aussi bien que ceux de chaque classe, sont aptes à
être des électeurs du premier ordre, pour nommer
les électeurs du second ordre, qui doivent élire, en
définitive, les uns les députés de la classe, les autres
les représentants de la province.

Ce que nous venons de dire des provinces peut être
appliqué aux départements ; car, en supposant qu'il
fût question de la France, chaque province se com-

poserait d'un certain nombre de départements, et chacun de ces groupes, aussi bien que chaque département, enverrait à la chambre le nombre de représentants qui lui serait assigné par la loi.

La prérogative royale de nommer des pairs, créée par les constitutions des deux monarchies qui ont servi de modèles à d'autres, l'Angleterre et la France, n'est nullement incompatible avec le système d'élection que nous venons de montrer être le seul en rapport avec les principes invariables de la jurisprudence du mandat.

Les membres de la chambre haute devant être choisis parmi les hommes d'état les plus distingués, ainsi que nous l'avons démontré ci-dessus, on conviendra aisément que personne n'est plus propre à faire ce choix que le gouvernement qui seul a pu suivre, dans toutes les phases de leur carrière publique, ceux des fonctionnaires qui, dans la gestion de leurs différents emplois, ont pu se rendre aptes à entrer au rang des candidats au poste éminent de membres de cette chambre.

Il est donc rationnel que la loi accorde au gouvernement le droit de présentation des personnes qu'il croira dignes d'être portées à cette dignité, sans aucune limitation de nombre.

Ce serait parmi ces candidats que la nation, par l'entremise des électeurs, aurait à élire ses mandataires, représentants des diverses divisions territoriales.

Ce n'est pas à dire que les électeurs soient tenus d'accepter tous les candidats qui leur seront présentés par le gouvernement. Au contraire, celui-ci devra en présenter d'autres si les premiers n'ayant pas tous obtenu, lors des élections, la majorité de voix voulue par la loi, le reste n'est pas en nombre suffisant pour satisfaire aux besoins de la représentation.

Le congrès de la Belgique a adopté, à l'imitation de la constitution brésilienne, le parti inverse de celui que nous proposons; mais ce moyen n'a d'autre but que de faire la cour au pouvoir, en portant atteinte au principe le plus important du système, la légitimité du mandat.

Certes, si tous les candidats présentés au roi pouvaient être d'un mérite égal aux yeux des électeurs qui les ont choisis, cette méthode ne différerait en rien de celle que nous venons de proposer. Mais cette égalité étant impossible, la plupart du temps, il arriverait souvent que la couronne préférerait précisément les moins capables.

Il suffit d'avoir fait remarquer que les pairs ne sont que des mandataires, pour que l'idée d'un *pair à vie* présente un contre-sens aussi monstrueux que celui d'un *mandat irrévocable*.

Sans doute que si, en adoptant le moyen que nous proposons de concilier la prérogative royale avec les principes du droit, le mot *pair* ne désignait que *candidat* à la première chambre législative, il n'y aurait aucun inconvénient à ce que cette candidature fût accordée à vie. La contradiction que nous venons de signaler n'a lieu qu'autant que *pair* signifie *membre effectif* de cette chambre.

Quant à l'*hérédité de la pairie*, si opposée au bien du pays, dans l'état actuel des choses, tant en France qu'en Angleterre, elle serait sans conséquence si la pairie n'était qu'une candidature. Mais il ne serait pas moins irrationnel de supposer que tout fils de pair a les qualités requises pour obtenir la candidature que la réalité d'un poste aussi important.

Quoique, d'après le titre de ce mémoire, nous ne dussions rechercher que ce qu'est la pairie, nous avons été forcés de montrer ce qu'elle n'est pas et ce qu'elle ne doit pas être ; et nous croyons avoir prouvé :

1° Qu'elle n'est pas appelée à maintenir l'équilibre entre la couronne et la chambre des communes : car chacun de ces deux pouvoirs ayant un *veto* absolu, n'a pas besoin de l'intervention d'un tiers pour paralyser les prétentions de l'autre ;

2° Qu'elle n'est pas destinée à s'opposer à la fois aux desseins démocratiques de l'autre chambre, et aux projets de despotisme du gouvernement ;

3° Qu'elle ne doit pas être regardée comme représentant la *grande propriété* ou la *noblesse* ; parce que la *grande propriété* ou la *noblesse* n'ont besoin d'une représentation spéciale que là où leurs intérêts peuvent se trouver en conflit avec ceux de toute la nation. Or, on ne saurait concevoir la durée d'un pareil état de choses dans aucun pays franchement constitutionnel.

Il y a en vérité des pays qui, se disant constitutionnels, maintiennent encore une foule de priviléges de caste; mais cette monstruosité est une des contradictions de l'espèce humaine, qui n'en sont pas moins irrationnelles, parce qu'elles existent dans quelques pays. Mais le temps finit par en faire justice. La France a vu tomber, en peu de jours, un nombre immense de priviléges; les États-Unis n'en reconnaissent aucun, et l'époque n'est pas éloignée où la loi commune remportera un triomphe entier sur le privilége chez toutes les nations civilisées.

Il nous reste à signaler encore une attribution presque généralement accordée à la chambre haute, et que nous considérons comme tout aussi inconstitutionnelle que celles dont nous venons de faire mention.

Presque partout on a investi la chambre des pairs, ou enfin celles qui sous d'autres dénominations tiennent le même rang législatif, des attributions de cour de justice dans des cas jugés plus graves, soit par l'importance des causes, soit par le haut rang des justiciables.

On ne peut qu'être surpris en observant qu'on n'ait pas senti la double infraction que l'on commettait par

cette disposition au système constitutionnel qu'il s'a-
gissait de fonder.

Certes, s'il y a quelque chose d'incontestable dans
ce système, c'est le principe de la division des pouvoirs d'un côté, et l'abolition de tout privilége, et,
par suite de ce principe, celle de tout tribunal d'ex-
ception.

Comment se fait-il donc qu'en présence de ces deux
principes fondamentaux du pacte social, on ait osé
cumuler dans la chambre des pairs les deux pouvoirs
législatif et judiciaire? Comment a-t-on osé arracher
tous les citoyens à leurs juges naturels, du moment
où ils se seront rendus coupables d'une certaine espèce
de crimes où ils seront en différend avec quelqu'un
des personnages déclarés justiciables de la cour des
pairs? Car rien de plus absurde en droit que la pré-
férence accordée au défendeur; comme si, avant l'ar-
rêt définitif, la condition du demandeur ne devait
pas être, aux yeux du juge et de la loi, exactement
la même que celle du défendeur.

Concluons que partout où le système constitutionnel sera une vérité, la pairie, si elle est accordée par
le roi, ne saurait être qu'une candidature aux fonctions de membre de la première chambre législative,
tandis que la nomination effective à cet emploi ne
peut émaner que de la nation, dont les membres de
cette chambre, aussi bien que les députés, membres
de l'autre chambre, sont les mandataires ; c'est-à-

dire, par le choix des électeurs de la division territoriale dont le pair élu doit être le représentant.

La pairie, considérée comme candidature, peut sans doute, comme nous l'avons dit, être accordée à vie; mais le pair, devenu membre de la chambre, doit être sujet à la réélection, ainsi que tout autre mandataire. Dans aucun cas, une candidature ne saurait être héréditaire.

FIN.

PARIS. — IMPRIMERIE DE CASIMIR, RUE DE LA VIEILLE - MONNAIE, N° 12, près la rue des Lombards et la place du Châtelet.

www.ingramcontent.com/pod-product-compliance
Ingram Content Group UK Ltd.
Pitfield, Milton Keynes, MK11 3LW, UK
UKHW021049120726
13693UKWH00006B/2520